Katja Reider

Kleine Lesetiger
Feriengeschichten

Illustriert von Karin Schliehe
und Bernhard Mark

Loewe

Bibliografische Information Der Deutschen Bibliothek
Die Deutsche Bibliothek verzeichnet diese Publikation in der Deutschen Nationalbibliografie; detaillierte bibliografische Daten sind im Internet über *http://dnb.ddb.de* abrufbar.

Der Umwelt zuliebe ist dieses Buch auf chlorfrei gebleichtem Papier gedruckt.

ISBN 3-7855-4567-3 – 1. Auflage 2003

Umschlagillustration: Karin Schliehe und Bernhard Mark
Reihengestaltung: Angelika Stubner
Redaktion: Rebecca Schmalz
Herstellung: Heike Piotrowsky
Gesamtherstellung: Officine Grafiche DeAgostini, Novara
Printed in Italy

www.loewe-verlag.de

Inhalt

Kleine Lebensretterin

Sie sind die ganze Nacht durchgefahren.

Es ist schon fast Mittag, als Inga und Mama endlich ihr Ziel erreichen: die italienische Adria!

Mama will natürlich gleich
die Koffer auspacken.

Aber Inga bettelt:
„Ich möchte zuerst das Meer sehen!“
Mama lächelt. „Also gut!“

Hand in Hand laufen sie zum Strand.
Wie das Meer in der Sonne glitzert!

„Warum ist es denn so leer hier?“,
fragt Inga verwundert.

„Weil jetzt Mittag ist, Siesta-Zeit“,
erklärt Mama gähnend.
„Ich mache auch mal
kurz die Augen zu, ja?“

Schon ist Mama fest eingeschlafen.
Inga schaut aufs Meer.

Da ist nur ein einziger Schwimmer.
Mensch, der ist aber weit draußen!

Seltsam, wie der Schwimmer
den Arm hebt und winkt ...
Jetzt ist er kurz verschwunden!

Inga springt auf.
Da stimmt etwas nicht!
Der Schwimmer braucht Hilfe!

Aufgeregt rüttelt Inga Mamas Schulter.
„Wach auf! Schnell!“
Aber Mama brummelt nur verschlafen.

Inga rast den Strand hinauf.
Sie stürmt in ein Café.
„Hilfe! Schnell!“, ruft sie laut
und zeigt aufs Meer.

Der Kellner versteht.
Er greift zum Telefon.

Sekunden später flitzt
ein Rettungsboot übers Wasser.

Am Strand stehen jetzt viele Menschen.
Alle beobachten aufgeregt,
was passiert.
Sogar Mama ist wach geworden.

Da kommt das Rettungsboot zurück!
Inga hält den Atem an.
Ist der Schwimmer gerettet?

Ja! Er ist ganz blass
und liegt still da.
Aber er atmet!

Der Kellner aus dem Café lobt Inga.
„Piccola eroina!“,
sagt er lächelnd zu ihr.

„Das heißt ‚kleine Heldin‘“,
übersetzt Mama stolz.
Da strahlt Inga übers ganze Gesicht.

Ein ganz besonderer Urlaub

Der Kellner bringt das Frühstück.
Hmm, die Brötchen sind noch warm!

Mama blättert im Reiseführer.
„Wollen wir heute Kanu fahren?“
„Au ja!“, rufen Sina und Marc.

Mama und Marc nehmen das rote Kanu.
Papa und Sina das gelbe.
So paddeln sie durch die Kanäle.
„Macht das Spaß!“, meint Sina.

Dann möchte Marc die Enten füttern.
Papa verteilt eine Runde Eis.

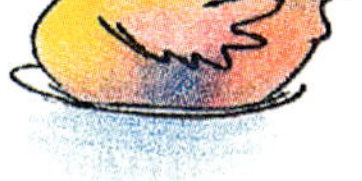

Mama blättert
schon wieder im Reiseführer.
„Es soll hier in der Nähe
einen Wildpark geben“, sagt sie.
„Mit Störchen und Wildschweinen!“
Nichts wie los!

Die Wildschweine sind richtig zahm.
Und die Zicklein lassen sich streicheln.
Sina würde am liebsten eins mitnehmen.

Mama beobachtet die Störche.

„Uff, jetzt habe ich aber Hunger!“,
sagt Marc.

„Wie wäre es mit Pizza
und einem Rundblick über die Stadt?“,
schlägt Papa vor.
„Super!“ Marc und Sina jubeln.

„Prima Idee, hier Urlaub zu machen“,
findet Marc.
„Ja, die Stadt ist echt toll!“, meint Sina.

Mama und Papa lächeln sich zu.
„Da haben wir vier ja Glück,
dass wir hier zu Hause sind, was?“

In Bergnot

Dieses Jahr ist Tim
mit Mama und Papa
ins Gebirge gefahren.

Alles sieht genauso aus
wie im Prospekt:
sanfte Hügel, grüne Wiesen und
darüber ein strahlend blauer Himmel.

Überall hört man
das lustige Gebimmel von Kuhglocken.

Und wie hoch die Berge sind!

Auf einigen Gipfeln
liegt sogar Schnee.
Einfach toll!

Heute wandert Tim
mit Mama und Papa
zu einer Almhütte.

Alle drei haben Rucksäcke dabei,
mit Trinkflaschen und Broten.
Der Weg ist weit.

Tim tun die Füße weh.
Kein Wunder – jetzt sind sie schon
über drei Stunden unterwegs!

Die Sonne brennt vom Himmel.
Der Pfad wird immer steiler.

Papa bleibt stehen
und schaut auf die Karte.
„Wir müssten doch längst
bei der Hütte sein ...!“

„Haben wir uns etwa verlaufen?“,
fragt Tim erschrocken.

Papa sieht besorgt aus.
„Ehrlich gesagt: Ich weiß es nicht."
„Dann lass uns lieber zurückgehen!",
sagt Mama.

Aber Papa schüttelt den Kopf.
„Sicher wird der Weg gleich besser."

„Also gut“, seufzt Mama.
„Tim, geh bitte dicht an der
Felswand, und schau nicht hinunter!“

Leicht gesagt!
Direkt neben dem Weg
fällt der Berg steil ab.

Ist das hoch!
Aber Tim beißt die Zähne zusammen
und läuft weiter.

Da! Tim stolpert!
Er schreit auf.

Schon hat Mama Tim gepackt.
Sie hält ihn einen Moment ganz fest.

„Wollen wir beide lieber
hier warten?“, fragt Mama.
„Und Papa schaut,
wie es weitergeht?“

Stumm schüttelt Tim den Kopf.
Bloß nicht stehen bleiben
und runtergucken ...

Plötzlich ruft Papa:
„Da ist ein richtiger Feldweg.
Und die Almhütte sehe ich auch!“

Was für ein Glück!
Tim atmet auf.

„Komm, du tapferer Bergsteiger“,
sagt Mama zu Tim.
„Jetzt haben wir uns aber
ein Rieseneis verdient!“

(K)ein Abschied für immer

Traurig starren Caro und Tobi
in den strahlend blauen Himmel.

„Wenn es wenigstens regnen würde“,
sagt Caro, „dann wäre es leichter.“
„Quatsch“, meint Tobi.

Morgen ist der Urlaub vorbei.
Morgen ist alles vorbei.
Dann fliegt Tobi zurück nach Hamburg.

Und Caro fliegt zurück nach Köln.
Unvorstellbar!

Gleich am ersten Urlaubstag haben
Caro und Tobi sich kennen gelernt.
Seitdem sind sie unzertrennlich.

Von früh bis spät
haben sie alles zusammen gemacht:
spielen, schwimmen, Burgen bauen ...

Und das soll jetzt
für immer vorbei sein?

„Ob wir uns je wieder sehen?“,
fragt Tobi leise.
In seinen Augen glitzert es verdächtig.

Caro schaut schnell weg.
„Weiß nicht“, sagt sie.
Sie will nicht weinen.
Nicht jetzt schon.

Vor dem Hotel unterhält sich
Tobis Mama mit Caros Mama.

Wieso sehen die beiden
denn so schrecklich gut gelaunt aus?
Tobi und Caro schauen sich
verwundert an.

„Wir haben eine Überraschung
für euch!“, verkündet Tobis Mama.

Caros Mama nickt und sagt:
„Wir fahren Ende August
an die Ostsee zu einer Hochzeit.
Tja, und auf dem Hinweg
bringen wir Caro
bei euch in Hamburg vorbei!"

„In vier Wochen sehen wir uns wieder?"
Tobi und Caro reißen
Mund und Augen auf.

Die beiden Mütter nicken lächelnd.
„Na, freut ihr euch?"
Was für eine Frage ...

Katja Reider, geboren 1960 in Goslar, arbeitete nach dem Germanistik und Publizistik-Studium als Pressesprecherin des Wettbewerbs *Jugend forscht* – bis sie 1994 kurz vor der Geburt ihres ersten Kindes zu schreiben begann. In rascher Folge entstanden zahlreiche Kinder- und Jugendbücher, die in viele Sprachen übersetzt wurden. Katja Reider lebt mit ihrem Mann und ihren beiden Kindern als freie Autorin in Hamburg.

Karin Schliehe, geboren 1964, studierte Grafik-Design mit dem Schwerpunkt Buchillustration. Seit 1989 arbeitet sie als freie Illustratorin für verschiedene Verlage. Neben Bilder- und Kinderbüchern gestaltet sie auch lustige Spiele für vergnügliche Stunden.

Bernhard Mark, Jahrgang 1951, studierte nach einer Lehre als Graveur an der Berliner Hochschule der Künste. Heute arbeitet er als freier Grafik-Designer und gestaltet im gemeinsamen Atelier mit Karin Schliehe Bilder- und Kinderbücher sowie Bücher für den Rest der Welt.

Erster Leseerfolg

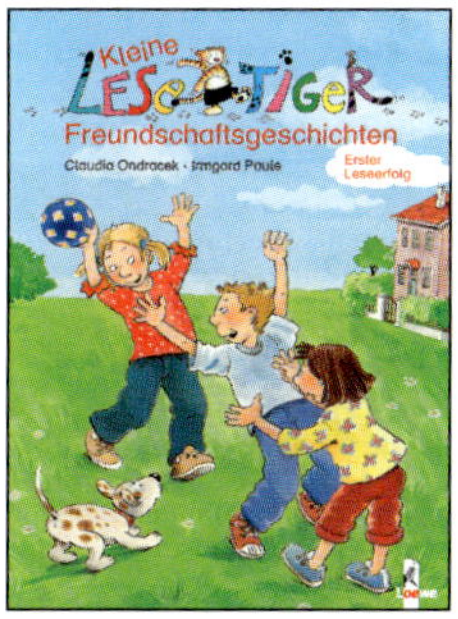

Loewe